Texto © Caia Amoroso, Januária Cristina Alves (coord.), 2023
Ilustrações © Isabela Jordani, 2023

DIREÇÃO EDITORIAL: Maristela Petrili de Almeida Leite
COORDENAÇÃO DE EDIÇÃO DE TEXTO: Marília Mendes
EDIÇÃO DE TEXTO: Lisabeth Bansi, Giovanna Di Stasi
COORDENAÇÃO DE EDIÇÃO DE ARTE: Camila Fiorenza
PROJETO GRÁFICO: Camila Fiorenza, Caio Cardoso
DIAGRAMAÇÃO E CAPA: Michele Figueredo
ILUSTRAÇÕES: Isabela Jordani
COORDENAÇÃO DE ICONOGRAFIA: Luciano Baneza Gabarron
PESQUISA ICONOGRÁFICA: Gabriela Araújo
COORDENAÇÃO DE REVISÃO: Thaís Totino Richter
REVISÃO: Nair Hitomi Kayo
COORDENAÇÃO DE *BUREAU*: Everton L. de Oliveira
TRATAMENTO DE IMAGENS: Ademir Baptista, Joel Aparecido Bezerra, Luiz C. Costa, Vânia Maia
PRÉ-IMPRESSÃO: Ricardo Rodrigues, Vitória Sousa
COORDENAÇÃO DE PRODUÇÃO INDUSTRIAL: Wendell Jim C. Monteiro
IMPRESSÃO E ACABAMENTO: NB Impressos
LOTE: 780024
COD: 120004792

Dados Internacionais de Catalogação na Publicação (CIP)
(Câmara Brasileira do Livro, SP, Brasil)

Amoroso, Caia
  Mudança climática: o que temos a ver com isso? /
jornalista, autora e roteirista Caia Amoroso;
coordenação Januária Cristina Alves; ilustração Isabela Jordani. –
1. ed. – São Paulo, SP: Santillana Educação, 2023. – (Informação e diálogo)

  ISBN 978-85-527-2718-7

  1. Mudanças climáticas - Literatura infantojuvenil
I. Alves, Januária Cristina. II. Jordani, Isabela. III. Título. IV. Série.

23-160354 CDD-028.5

Índices para catálogo sistemático:
1. Mudanças climáticas : Literatura infantojuvenil 028.5
2. Mudanças climáticas : Literatura juvenil 028.5

Tábata Alves da Silva - Bibliotecária - CRB-8/9253

REPRODUÇÃO PROIBIDA. ART. 184 DO CÓDIGO PENAL E LEI Nº 9.610, DE 19 DE FEVEREIRO DE 1998.

Todos os direitos reservados
EDITORA MODERNA LTDA.
Rua Padre Adelino, 758 – Quarta Parada
São Paulo – SP – Brasil – CEP 03303-904
Vendas e atendimento: Tel. (11) 2790-1300
www.moderna.com.br
2023
Impresso no Brasil

Caia Amoroso
Jornalista, autora e roteirista

Januária Cristina Alves
COORDENAÇÃO
Jornalista, mestre em Comunicação Social pela Escola de Comunicações e Artes da Universidade de São Paulo (ECA-USP), educomunicadora e autora de mais de 60 livros para crianças e jovens

Mudança climática:
o que temos a ver com isso?

1ª edição
2023

Sumário

SALVE, PLANETA TERRA! — 6
- **Diálogo com um terráqueo** — 6
- **O planeta na mídia** — 9
- Uma carta escrita para a Terra — 11
- **Greta Thunberg e outros jovens ativistas** — 12

AQUECIMENTO GLOBAL: VERDADE OU MENTIRA? — 14
- **A natureza manda seu recado** — 15
- **Verdade: o que dizem os cientistas** — 16
- Conheça os cientistas — 18
- **Mentira: a versão dos negacionistas de plantão** — 20
- **Aquecimento global e teoria da conspiração** — 22
- Enquanto isso... — 25

FLORESTA AMAZÔNICA, DESAFIO PARA A NOSSA SOBREVIVÊNCIA — 26
- **O que você sabe sobre a Floresta Amazônica?** — 27
- **O "Dia do Fogo"** — 29
- **Amazônia Legal e Bioma Amazônico: qual a diferença?** — 30
- Mas a nossa imagem lá fora... — 31
- Você sabe o que é antropia? — 32

OUTROS BIOMAS AMEAÇADOS — 34
- **Não basta ser bonito por natureza** — 36
- Mata Atlântica — 37
- E o Pantanal também arde! — 40

CRIMES AMBIENTAIS: ATÉ QUANDO? — 42
Consciência *versus* Crime — 43
Para aprender com Davi Kopenawa e Ailton Krenak — 46
Cinco impactos ambientais gerados pela mineração — 49
Mariana — 50

O PLANETA AGRADECE — 52
Renovação — 54
Você conhece Burle Marx? — 58
Eu quero ser um ecologista — 59
Conferências ambientais — 60

E VOCÊ, JÁ PENSOU NISSO? — 62
Energia limpa — 62
Matthew Shirts, um ambientalista estrangeiro em *terra brasilis* — 64
Eu quero ser jornalista ambiental — 66

COVID-19, A HISTÓRIA GANHA UM NOVO CAPÍTULO — 68
A era das pandemias — 69
Novo normal — 71

CONCLUSÃO: VAMOS VIRAR ESSE JOGO? — 72
Tudo tem seu lado bom — 72

O QUE MAIS QUERO — 74

REFERÊNCIAS BIBLIOGRÁFICAS — 75

Salve, planeta Terra!

Diálogo com um terráqueo

Somos todos terráqueos, juntamente com outras espécies também moradoras desta, que é a nossa Casa Comum. Mas, como seres humanos, o nosso compromisso é diferente porque, além da inteligência, viemos ao mundo com a capacidade para refletir sobre atos, planejá-los e colocá-los em prática. Ou seja, a nossa atuação é fundamental. Por isso, convido você, jovem leitor, a entrar por essas linhas e percorrer um caminho que vai mostrar como a sua participação pode mudar o amanhã. O que podemos fazer no presente para transformar o futuro de todos em uma realidade mais justa e igualitária?

Pense comigo: quanto tempo uma ideia leva até que se torne realidade? Trocando em miúdos, aposto que você já se imaginou estudando para ter uma profissão; posso até imaginar que você sonha em conhecer um lugar muito especial. Muitas vezes, só está faltando ganhar um animalzinho de estimação para você ficar feliz. As ideias se concretizam assim, trabalhando no presente e construindo o futuro.

Mas a verdade, **terráqueo**, é que o futuro chegou muito rápido e já não depende apenas dos nossos desejos. Em vinte, trinta anos, as condições de vida no planeta Terra poderão se tornar desfavoráveis para os seres humanos, se não tomarmos iniciativas concretas já!

Você sabe o que está acontecendo com o meio ambiente? Esta conversa começa com um sinal de alerta: a **nossa casa** está passando por uma emergência global e necessita de ações de preservação de toda ordem: solo, ar, água – oceanos, rios, lagos... Nossos desejos e esperanças de vida dependem de mudanças imediatas de hábitos e de outras formas de geração de economia.

É, gente, o futuro já começou. E **meio ambiente** e **democracia** são a pauta do dia.

Assim que assumiu a presidência dos Estados Unidos em janeiro de 2021, o democrata Joe Biden decretou o meio ambiente como uma questão de segurança nacional e como prioridade em todos os departamentos de seu governo. O clima passou a ser levado em conta em negociações da política externa americana e como uma ferramenta de recuperação da economia. Presidentes de empresas, ativistas ambientais e políticos querem que Biden seja o "presidente do clima" e que guie a humanidade para longe do abismo que já está na nossa frente.

O planeta na mídia

Você já percebeu que o meio ambiente passou a ser uma das principais pautas de política, economia, comportamento, moda e saúde, nos meios de comunicação? O tema não sai da mídia e outro dia, no rádio, uma jornalista comentou que "a questão ambiental passou a semana toda dentro da economia". E foi isso mesmo que aconteceu quando empresários e políticos do mundo pediram explicações ao Brasil pelo número recorde de desmatamento da Amazônia, e ameaçaram cortar investimentos, caso o país não respeitasse e preservasse a natureza.

A natureza é um caso de saúde pública, especialmente porque está no centro das atenções da chamada "era das pandemias", essa a que fomos apresentados pela Covid-19. O meio ambiente vira caso de polícia quando a ação criminosa de grilagem de terras, garimpo ilegal e desmatamento de terras indígenas são mostrados nos telejornais. Você ouviu falar sobre a crise humanitária sofrida pelo povo Yanomami? A presença de garimpeiros no território deles trouxe doença, fome e morte aos indígenas. As águas dos rios estão poluídas pelo mercúrio, e as terras protegidas por lei foram devastadas.

O tema do meio ambiente não sai mais da primeira página dos jornais e precisa entrar de vez pelos portões das escolas e se sentar ao lado dos alunos. E ainda arranjar um lugarzinho no sofá das nossas casas.

PRECISAMOS URGENTEMENTE SABER MAIS E MAIS SOBRE O QUE ESTÁ ACONTECENDO COM A NATUREZA.

Você sabia que "grilagem de terra" tem a ver com grilo?

Antigamente era comum que falsos documentos de posse de propriedades fossem colocados dentro de uma caixa com grilos. Com o passar do tempo, a ação dos insetos sobre as folhas deixava-os envelhecidos com aparência de papéis verdadeiros. Aí está a origem da palavra grilagem na mídia. E até hoje, com a falta de controle na documentação de posse legal de terras no Brasil, documentos falsos são registrados em cartórios e na receita federal e ninguém alcança os criminosos.

Notícias do centro do mundo

Sumaúma (*Ceiba pentranda*) é uma árvore gigante da Amazônia que empresta o seu nome para a plataforma de notícias feita por jornalistas ligados em construir um mundo melhor para jovens e crianças nascidos e para os que vão nascer. A crise humanitária do povo Yanomami foi denunciada faz tempo por eles. Saiba mais em https://sumauma.com/. Acesso em: jan. 2023.

Uma carta escrita para a Terra

"Estamos diante de um momento crítico na história da Terra, numa época em que a humanidade deve escolher o seu futuro. À medida que o mundo torna-se cada vez mais interdependente e frágil, o futuro enfrenta, ao mesmo tempo, grandes perigos e grandes promessas. [...] Devemos somar forças para gerar uma sociedade sustentável global baseada no respeito pela natureza, nos direitos humanos universais, na justiça econômica e numa cultura da paz. Para chegar a este propósito, é imperativo que nós, os povos da Terra, declaremos nossa responsabilidade uns para com os outros, com a grande comunidade da vida, e com as futuras gerações."

— Preâmbulo da **Carta da Terra**, divulgada em 29 de junho de 2000, com a participação de mais de 4.500 entidades governamentais e organizações da sociedade civil.

"Você vê aquele pálido ponto azul? [...] Tudo que já aconteceu na história humana, aconteceu naquele pixel. [...] É nosso único lar. E é isso que está em jogo, nossa habilidade de sobreviver no planeta Terra, de ter um futuro como civilização. Eu acredito que essa é uma questão moral, é nossa hora de pensar nisso, é nossa hora de nos reerguermos para assegurar nosso futuro."

— Al Gore, ex-vice-presidente dos Estados Unidos e ativista ambiental.

Constituição Federal, Capítulo VI, art. 225

Todos têm direito a um meio ambiente ecologicamente equilibrado, como um bem de uso comum do povo e essencial à sadia qualidade de vida, impondo-se ao Poder Público e à coletividade o dever de defendê-lo e preservá-lo para as presentes e futuras gerações.

Para saber mais

A Grande Muralha Verde é um documentário produzido pelo diretor brasileiro Fernando Meirelles, com direção de Jared P. Scott. A cantora e ativista Inna Modja, nascida em Mali, na África, viajou pelo Sahel africano, faixa desértica de cerca de 5.400 km de extensão, onde as temperaturas estão subindo 1,5 vezes mais rápido do que a média do mundo. Inspirada pela frase "Precisamos ousar para inventar o futuro", do líder visionário africano Thomas Sankara, Inna encontra músicos e estudantes ao redor da Grande Muralha Verde. Este projeto pretende plantar infinita quantidade de árvores para restaurar a vegetação de uma área de 8.000 km e propiciar mais chances de sobrevivência a milhões de pessoas.

Greta Thunberg e outros jovens ativistas

A ativista Greta Thunberg no Senado brasileiro.

Você já deve ter ouvido falar da jovem ambientalista que puxa as orelhas dos adultos ao discursar sobre crise climática e apontar suas responsabilidades sobre as gerações atuais. Em 2021, convidada pelo Senado brasileiro, Greta não poupou ninguém...

"...AS COISAS QUE OS LÍDERES DO BRASIL ESTÃO FAZENDO AGORA SÃO COMPLETAMENTE VERGONHOSAS. ESPECIALMENTE À LUZ DA MANEIRA COMO VÊM TRATANDO OS POVOS INDÍGENAS E A NATUREZA..."

Em 2019, preocupada com a própria pegada de carbono, ela optou por fazer o trajeto Suíça-Nova York a bordo de um veleiro, para participar da Cúpula do Clima, onde discursou para representantes de 60 países participantes. Em julho de 2020, doou parte de Prêmio Gulbenkian para a Humanidade para a campanha SOS Amazônia, da Friday Amazonia for Future Brazil. Greta criou a "Greve escolar pelo Clima" e toda sexta-feira trocava as aulas por protestos em frente ao Parlamento Sueco.

Quer conhecer outras pessoas que se dedicam a salvar o planeta? Jovens ativistas como Nayara Almeida e Artemisa Xakriabá lutam, no Brasil e ao redor do mundo, por ações concretas contra os efeitos climáticos provocados pela humanidade.

Confira mais ativistas no especial do jornal Nexo:
http://mod.lk/fizjn.

Nayara Almeida, ativista climática.

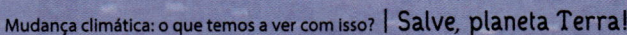

Mudança climática: o que temos a ver com isso? | Salve, planeta Terra!

Aquecimento global: verdade ou mentira?

A natureza manda seu recado

Uma discussão muito atual envolve as famigeradas *fake news* quando o assunto é aquecimento global. Há quem diga que ele não existe, apesar de as pesquisas científicas demonstrarem a gravidade da questão e fotos, as evidências que não podem ser contestadas. As mudanças climáticas estão por toda parte: nos registros de ondas de calor intenso, nos inúmeros focos de incêndios, nos derretimentos de camadas polares, nas tempestades escabrosas, nos deslizamentos de terras, nos furacões, e em tantas outras tragédias que estão ocorrendo no Nepal, nos Estados Unidos, no Brasil, na Índia, na Europa e no Japão. É a natureza mandando seu recado. E, mesmo assim, não há unanimidade sobre o aquecimento global.

Verdade: o que dizem os cientistas

O impacto da mudança do clima na vida humana começou com a revolução industrial no século 18, e desde então cientistas acompanham de perto esta evolução. Entre as principais causas do aquecimento global estão o crescimento das populações, o uso da tecnologia e das energias não-renováveis, além dos desmatamentos de florestas e de outros biomas, como o **Cerrado**.

Os estudiosos projetam que a Terra está de 4°C a 5°C mais quente. O derretimento das camadas polares e o aumento do nível dos oceanos estão deixando os cientistas cada dia mais aflitos. Se não buscarmos outra direção, a Terra poderá ter um aumento de 8°C a 12°C em sua temperatura. Seremos todos fritos ou assados.

Você sabia que o Cerrado, presente em vários estados na parte central do nosso país, é fundamental para evitar racionamentos de água e energia porque abastece a maior parte das bacias hidrográficas brasileiras?

©ISABELA JORDANI

©YERETH ROSEN/REUTERS/FOTOARENA

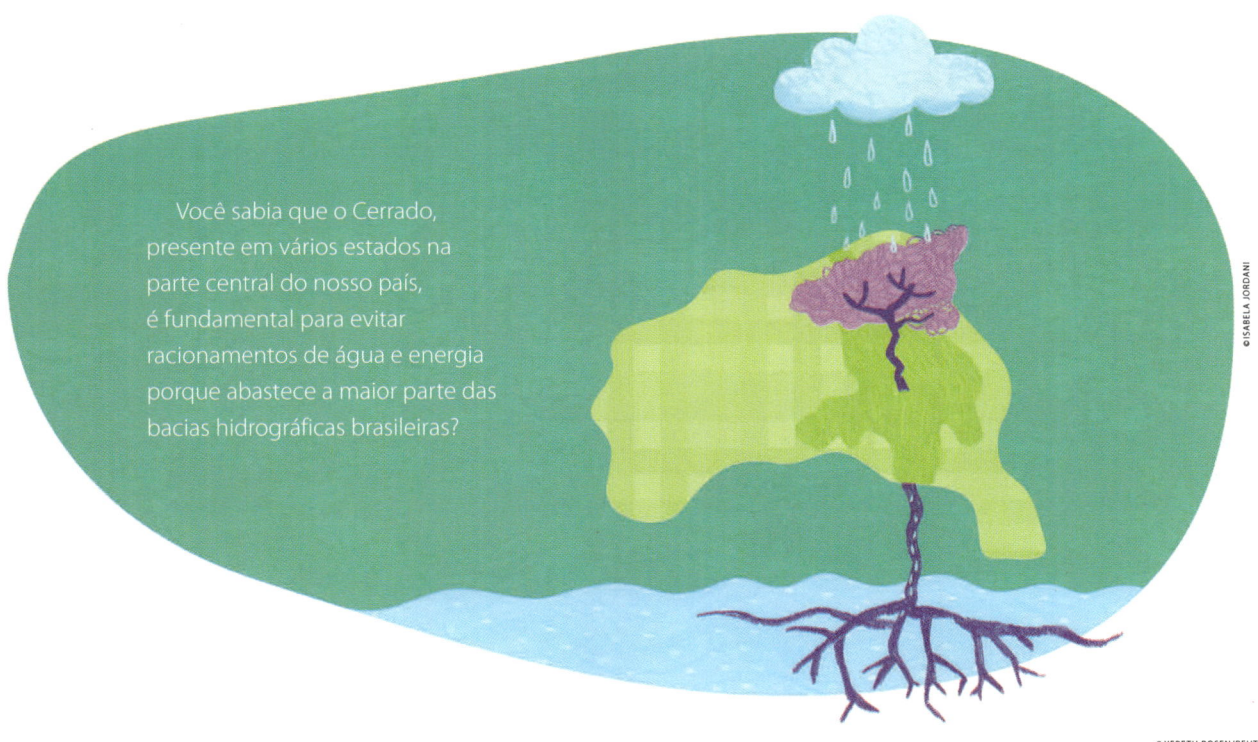

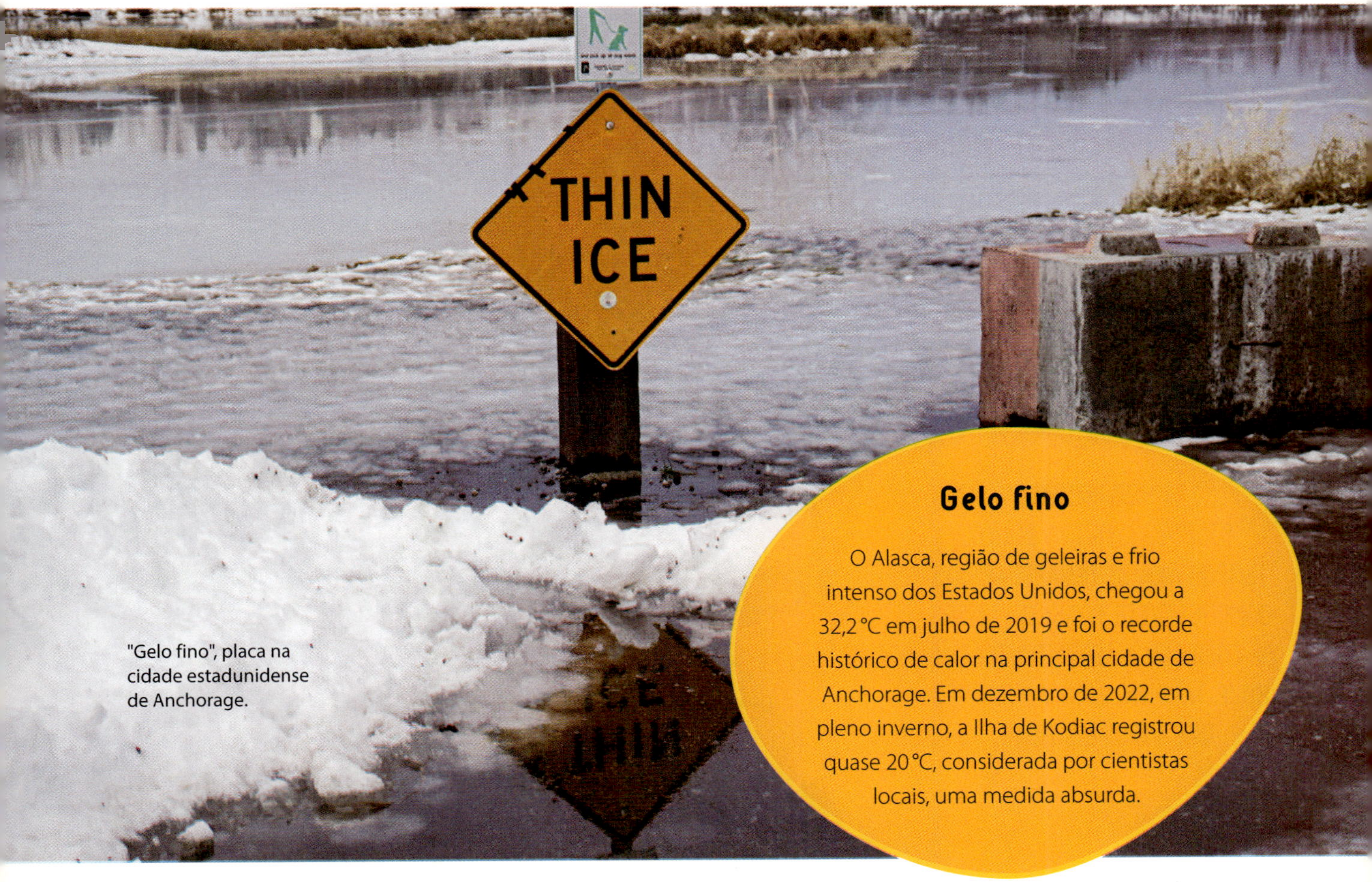

"Gelo fino", placa na cidade estadunidense de Anchorage.

Gelo fino

O Alasca, região de geleiras e frio intenso dos Estados Unidos, chegou a 32,2 °C em julho de 2019 e foi o recorde histórico de calor na principal cidade de Anchorage. Em dezembro de 2022, em pleno inverno, a Ilha de Kodiac registrou quase 20 °C, considerada por cientistas locais, uma medida absurda.

Conheça os cientistas

Carlos Nobre, cientista especializado em aquecimento global.

O vasto currículo de Carlos Nobre é voltado para os estudos do clima, ecossistemas e biodiversidade. Atualmente é coordenador do Instituto Nacional de Ciência e Tecnologia para Mudanças Climáticas (INCT) e preside o Painel Brasileiro de Mudanças Climáticas (PBMC). Foi eleito, em 2022, membro da Royal Society, a academia de ciência mais antiga em atividade no mundo. Carlos Nobre é o segundo brasileiro aceito na entidade, depois de D. Pedro II.

"HÁ UM APRENDIZADO DA PANDEMIA, PORQUE ELA MOSTRA COMO UM DESEQUILÍBRIO NO SISTEMA AFETA A TODOS. HÁ ESSE PARALELO CLARO ENTRE AS DUAS CRISES GLOBAIS. A DIFERENÇA É QUE, SE O PLANETA ESQUENTAR TANTO, NÃO VAMOS PODER ABRIR A JANELA E SÓ SAIREMOS AO AR LIVRE DURANTE A NOITE, PRINCIPALMENTE NOS TRÓPICOS".

Numa entrevista para a editoria Ecoa, do site UOL, Nobre relaciona as duas maiores crises do século 21, a pandemia do coronavírus e o aquecimento global, e faz uma previsão do clima para o século 22:

"A HUMANIDADE DISPÕE DE MUITO POUCO TEMPO PARA SE DESAPEGAR DOS COMBUSTÍVEIS FÓSSEIS. TEMOS DE COMEÇAR A DESINTOXICAÇÃO HOJE. NÃO NO ANO OU NO MÊS QUE VEM, MAS HOJE."

Em seu livro *21 lições para o século 21*, o historiador israelita Yuval Noah Harari considera o desafio ecológico o assunto mais importante do momento, comparável aos riscos de uma guerra nuclear que pode dizimar pessoas e territórios. Harari, que é um dos mais conceituados pensadores do nosso tempo, diz que cientistas já comprovaram que a emissão de gases de efeito estufa está fazendo o clima da Terra mudar muito velozmente e que a humanidade deveria se desapegar dos combustíveis fósseis.

Yuval Noah Harari, historiador, filósofo e autor.

Paulo Artaxo, professor titular do Instituto de Física da USP e membro do IPCC.

Paulo Artaxo assinou, junto com Carlos Nobre e outros especialistas, um relatório publicado em Genebra, em que aponta emergências a serem cumpridas por governos e sociedades, no menor prazo possível. São elas:

1. Reduzir o desmatamento de florestas tropicais.

2. Incentivar o reflorestamento.

3. Aumentar a produção de alimentos e de biocombustíveis de um modo mais sustentável.

"É UM DESAFIO. NÓS PRECISAMOS REDUZIR AS EMISSÕES, MAS OS SETORES DE QUEIMA DE COMBUSTÍVEL FÓSSIL E O AGRONEGÓCIO ESTÃO ANDANDO NA DIREÇÃO CONTRÁRIA E OLHANDO SÓ PARA OS PRÓPRIOS INTERESSES".

Você sabe quem é William Nordhaus? Este economista e professor da Universidade de Yale foi um dos vencedores do prêmio Nobel de Economia de 2018. Seu trabalho foi reconhecido por determinar formas eficientes de crescimento sustentável a partir do aquecimento global. E foi por ter incluído as mudanças climáticas no ramo da economia que ele ganhou o Nobel.

William Nordhaus, economista e professor da Universidade de Yale.

Saiba mais

O que pode acontecer até 2100 no planeta? Veja a matéria da BBC Brasil, repleta de mapas que mostram os impactos das mudanças climáticas.

Disponível em:

http://mod.lk/bKrr1.

Uma verdade inconveniente

Lançado em 2006, este documentário foi dirigido por Davis Guggenheim para a campanha do ex-vice-presidente cos Estados Unidos Al Gore. O filme causou impacto ao mostrar dados e imagens do aquecimento global no mundo e venceu vários prêmios do Oscar. Se não viu ainda, corre para ver.

Mentira: a versão dos negacionistas de plantão

O negacionismo do aquecimento global

A inverdade científica chamada "aquecimento global"

Em Davos, Trump chama ambientalistas de "profetas do apocalipse"
Deutsche Welle (DW) Brasil

Ursos polares estão bem, dizem céticos das mudanças climáticas
Folha/UOL

20

Você acabou de ler uma sequência de *fake news*, artilharia de negacionistas como o ex-presidente dos Estados Unidos Donald Trump. Manchetes como estas proliferam por aí, confundindo a opinião pública e desinformando a sociedade sobre as mudanças climáticas.

Aproveitando uma onda de frio que chegou aos Estados Unidos em 2019, Trump fez piada sobre a existência do aquecimento global, usando de um trocadilho entre os termos "tempo" e "clima". Mas a gente não cai nessa porque conhecemos a diferença destas palavras quando usadas pela ciência da meteorologia.

Clima é um conjunto de condições meteorológicas, e um mapa do clima considera um período mais prolongado e uma região específica, ou toda a Terra. Exemplo: o clima em São Paulo é subtropical e o de Fortaleza é semiúmido.

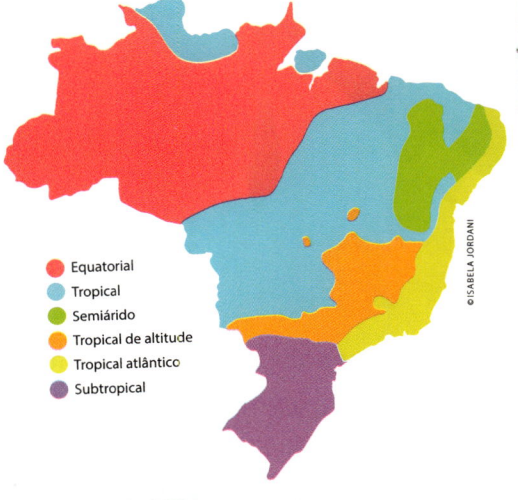

- Equatorial
- Tropical
- Semiárido
- Tropical de altitude
- Tropical atlântico
- Subtropical

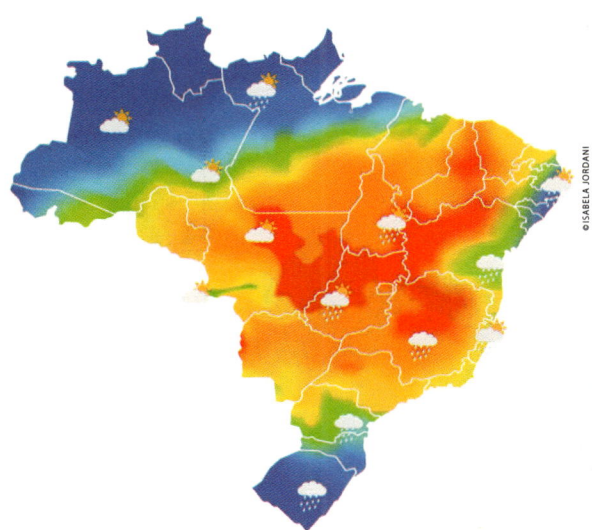

Tempo são as condições atmosféricas que acontecem em um curto período. Por exemplo, o mapa que aparece no jornal, avisando se vai chover ou fazer bastante sol, é um mapa do tempo.

"SE O MUNDO ESTÁ FICANDO MAIS QUENTE, POR QUE, ENTÃO, ESTÁ FAZENDO TANTO FRIO NOS EUA?"

Até o urso polar sente na pele...

Em 2007, uma foto de autoria do escandinavo Arne Nævra foi premiada e se tornou um símbolo das consequências do aquecimento global. Assim como esta ilustração, a cena flagra um urso polar agarrado a um pequeno pedaço de iceberg derretendo, à deriva. Passado mais de dez anos do registro, a situação só piora.

Veja mais sobre essa história em
http://mod.lk/arnesft.

Refugiados do clima

Você já ouviu falar dos refugiados do clima? Segundo a Organização das Nações Unidas (ONU), mais de 25 milhões de pessoas são forçadas a abandonar lugares, famílias, amigos, casas e pertences por causa das mudanças climáticas. Os primeiros povos a serem considerados refugiados do clima foram os habitantes das Ilhas Carteret, em Papua Nova Guiné, cujas águas do oceano subiram mais de 40 cm nos últimos 20 anos, por consequência do aquecimento global.

Enquanto isso...

Ilustração inspirada em "Politicos discutem o aquecimento global", parte da exposição *Siga os líderes* de Isaac Cordal.

Quais governantes estão realmente preocupados com o impacto do aquecimento global? O presidente dos Estados Unidos, Joe Biden, um mês após tomar posse, reintegrou o país ao Acordo de Paris. Em 2021, os Estados Unidos foram anfitrião de uma cúpula virtual do clima e apresentaram uma nova meta de corte de emissões: considerando os níveis de 2005, para 2030 esperam-se cortes entre 50% e 52%. Biden também apresentou ao seu país a proposta de criação de empregos verdes, ligados à redução das emissões de carbono na atmosfera, preservação do meio ambiente e combate ao aquecimento global. Por aqui, lamentavelmente, no período de 2019-2020, houve aumento de 9,6% nas emissões de gases de efeito estufa e, por causa disso, o Brasil ficou de fora da Cúpula da Ambição Climática, reunião organizada pela ONU.

O Brasil retoma o seu lugar de compromisso com a crise ambiental com o principal objetivo de reparar os danos causados pela gestão anterior. As primeiras medidas do presidente Luiz Inácio Lula da Silva, eleito em outubro de 2022, visaram socorros aos povos originários e o fortalecimento do Ministério do Meio Ambiente e Mudança do Clima, com propostas de desmatamento zero e exploração sustentável da floresta.

Você sabia que o desmatamento na Amazônia está no centro deste debate e há urgência de diálogo com o Brasil clamada pelos principais líderes globais? É sobre isso que vamos conversar a seguir.

Floresta Amazônica, desafio para a nossa sobrevivência

O que você sabe sobre a Floresta Amazônica?

Quem acompanha as notícias sobre a Floresta Amazônica fica chocado com a velocidade da destruição do solo e da vegetação daquela região. Ano após ano, os números de desmatamento só crescem, enquanto a biodiversidade só diminui. Em 2022, a Amazônia perdeu 11.568 km² de bioma, 59,5% a mais de terras desmatadas em relação aos quatro anos anteriores.

O Amazonas é o estado que lidera o *ranking* de regiões com maior área desmatada. Faz tempo que os cientistas alertaram que o desmatamento levaria a Amazônia ao chamado **ponto irreversível da floresta**. Já ouviu falar? Significa que, se não forem tomadas as devidas providências, nos próximos 50 anos poderemos perder 70% da floresta amazônica, que se transformará em savana. Sem chuva, a floresta tropical deixa de ter o papel elementar na regulação global do clima.

PODERÁ HAVER FUTURO PARA OS SERES HUMANOS SE NÃO EXISTIR FLORESTA AMAZÔNICA? PENSE NISSO...

SABER MAIS

Leia mais sobre o ponto irreversível da Floresta Amazônica neste artigo de Jaqueline Sordi.

Disponível em:

http://mod.lk/yubyP.

#prayforamazonia, uma intriga internacional

Emmanuel Macron
@EmmanuelMacron

Nossa casa está queimando. Literalmente. A floresta amazônica, pulmão que produz 20% do oxigênio do nosso planeta, está em chamas. Isso é uma crise internacional. Membros do G7, vamos discutir essa emergência de primeira ordem em dois dias.

4:14 PM · 22 de ago de 2019

Jair M. Bolsonaro
@jairbolsonaro

A sugestão do presidente francês, de que assuntos amazônicos sejam discutidos no G7 sem a participação dos países da região, evoca mentalidade colonialista descabida no século XXI.

7:36 PM · 22 de ago de 2019

O "Dia do Fogo"

O dia 10 de agosto de 2019 ficou mundialmente reconhecido como o Dia do Fogo. Sabe por quê? Porque produtores rurais da região Norte iniciaram um movimento pelo WhatsApp para incendiar áreas da Floresta Amazônica. A notícia levou a Procuradoria Geral da União a afirmar que houve "ação orquestrada para incendiar pontos da floresta", e depois descobriu-se que os tais locais incendiados eram áreas de atuação de grileiros e desmatadores.

A #prayforamazonia viralizou com 20 milhões de acessos e mostrou que o mundo estava unido. ONU, Alemanha e Canadá decretaram a urgência pela Amazônia. O primeiro-ministro canadense Justin Trudeau tuitou: "Nossos filhos e netos estão contando conosco". Já o ex-presidente do Brasil, Jair Bolsonaro, em coletiva, achou melhor botar a culpa em ONGs que, segundo ele, estariam agindo para chamar a atenção. Mais tarde, o Greenpeace denunciou:

"[...] um ano depois desta ação coordenada, a impunidade reina absoluta e as áreas que foram queimadas no ano passado já se encontram com desmatamento consolidado e gado, muito gado. **O caso reforça a ligação íntima entre o fogo na Amazônia e o ciclo de desmatamento**, onde o objetivo principal é sempre a mudança do uso do solo e a destruição da floresta. [...] Mesmo sendo possível identificar um grande número de responsáveis, **apenas 5% dos envolvidos na queima de florestas tiveram áreas embargadas, outros continuam produzindo a pleno vapor.**"

Mudança climática: o que temos a ver com isso? | Floresta Amazônica, desafio para a nossa sobrevivência

A noite mais longa do ano

Esta foto foi tirada em São Paulo em 19/08/19, às 16 horas. A TV anunciou a noite mais longa do ano. As pessoas pensaram que era um eclipse – quando a Lua se move entre o céu e a Terra, produzindo uma sombra sobre o nosso planeta. Teve gente que levou na brincadeira: seria Gotham City, a cidade do Batman?

Mas quem assistiu o dia virar noite ficou bem assustado e confuso. Além da escuridão, tons de vermelho e amarelo apareceram no céu da Bolívia. Este fenômeno climático ocorreu por causa da fumaça das queimadas na Amazônia somado ao mau tempo.

Quer saber mais? Leia a notícia sobre esse dia no site do jornal *El País Brasil*, Disponível em:

http://mod.lk/HWhrj.

Amazônia Legal e Bioma Amazônico: qual a diferença?

O termo "Amazônia Legal" foi criado em 1953 para nomear parte brasileira da Floresta Amazônica, que equivale a 61% de todo território nacional. Compreende nove estados: Acre, Amapá, Amazonas, Mato Grosso, Pará, Rondônia, Roraima, Tocantins e uma parte do Maranhão.

Já o termo "Bioma Amazônico" abrange outros países da América Latina, como Peru, Venezuela, Colômbia, Bolívia, Guiana, Suriname, Equador e Guiana Francesa. A Floresta Amazônica tem 5,5 milhões de km² de extensão e é a maior floresta tropical do mundo.

VIU COMO A AMAZÔNIA E O BRASIL SÃO IMPORTANTES PARA A SOBREVIVÊNCIA DO PLANETA?

Mas a nossa imagem lá fora...

Em 2019, o Brasil foi destaque de capa da *The Economist*, uma das mais prestigiadas revistas de economia do mundo, com o título "Vigília da morte para a Amazônia". A revista fez um apelo para que países compradores de produtos brasileiros fizessem parcerias comerciais somente se o Brasil tivesse "um bom comportamento".

DIA DA AMAZÔNIA

Comemorado em 5 de setembro. Que tal pesquisar sobre desmatamento, pecuária e por que estas atividades na Amazônia comprometem ainda mais o aquecimento global?

Você conhece o NAVE?

NAVE é a sigla de **Novo Acordo Verde** no Brasil, um movimento social criado para renovar a relação entre clima e democracia. Participam líderes das florestas, comunidades rurais e urbanas e especialistas. A ideia é pensar propostas originais para a nossa realidade, aos moldes do Green New Deal americano, que já investiu quase dois trilhões de reais em combates às mudanças climáticas. Esta iniciativa é mais uma prova de que deixamos para trás a imagem de país negligente, que ameaça os esforços mundiais de combate ao aquecimento global. Não há mal que dure para sempre, não é mesmo?

Você sabe o que é antropia?

É a ciência que estuda a ação do ser humano sobre o meio ambiente e a natureza com a intenção de modificá-los independentemente do uso. O antropólogo francês Bruno Latour é o pensador que tem contribuído com ideias que ligam antropia, natureza e política. Ele criou o termo "ecologizar" para propor que a gente pratique ecologia no dia a dia. O que você acha da ideia?

"SE O BRASIL ACHAR SOLUÇÃO PARA SI, VAI SALVAR O RESTO DO MUNDO".

O antropismo na Amazônia Legal

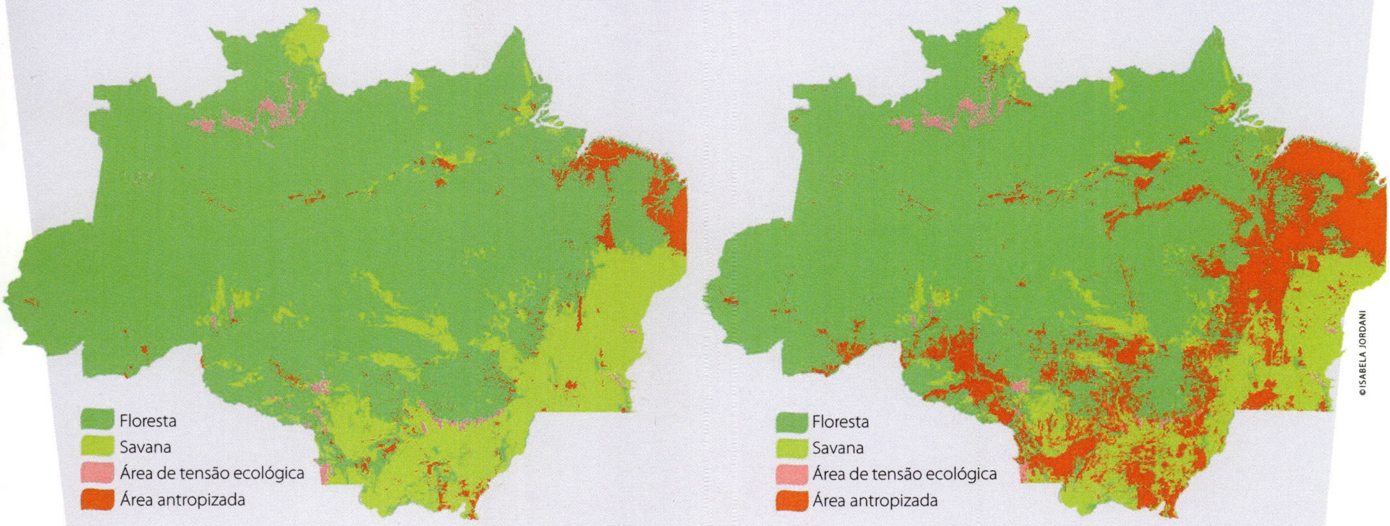

- Floresta
- Savana
- Área de tensão ecológica
- Área antropizada

Cobertura fitogeográfica 1976

Cobertura fitogeográfica 2014

Monitoramento da floresta amazônica brasileira por satélite. In: Projeto de Monitoramento do Desflorestamento na Amazônia Legal - PRODES. São José dos Campos: Instituto Nacional de Pesquisas Espaciais - INPE. Disponível em: http://www.obt.inpe.br/prodes

PARA SABER MAIS

No documentário canadense *Antropoceno, a era humana*, os diretores Jennifer Baichwal, Nicholas de Pencier e Edward Burtynsky visitaram lugares e registraram imagens que conseguem ser ao mesmo tempo terríveis e belíssimas, que comprovam a dominação do homem sobre a natureza.

Mudança climática: o que temos a ver com isso? | Floresta Amazônica, desafio para a nossa sobrevivência

Outros biomas ameaçados

35

Não basta ser bonito por natureza

Não podemos nos esquecer de que se a natureza é devastada pela ação dos seres humanos, as plantas, os animais e cada um de nós também está ameaçado. Já não é possível pensar que o Brasil é um paraíso tropical, como na canção de Jorge Ben Jor. E não adianta achar que tem muito verde, muita montanha, muito rio e muito mar por aí, porque não é bem assim.

Além da Amazônia, outros biomas brasileiros sofreram as mesmas consequências da **antropia**. Segundo o ambientalista João Paulo Capobianco, seria necessário criar 262 mil quilômetros quadrados (área equivalente a Itália) de unidades de conservação para proteger, pelo menos, 10% dos nossos biomas.

DIA DA MATA ATLÂNTICA

É comemorado em 27 de maio. Que tal aproveitar para atualizar essa conversa, discutir com amigos e aprender sobre formas de conservação e de maior sustentabilidade do bioma?

Mata Atlântica

Quando os europeus chegaram ao Brasil, a Mata Atlântica era formada por 150 milhões de hectares e se estendia dos atuais Rio Grande do Sul ao Tocantins, o equivalente a 15% do território nacional. Ela se conectava à Floresta Amazônica e, segundo a ONG SOS Mata Atlântica, possuía uma biodiversidade de mais de 15 mil espécies de plantas, 298 espécies de mamíferos, mais de 900 tipos de aves e 350 espécies de peixes.

A Mata Atlântica é a segunda maior floresta tropical do país e contribui com vários serviços essenciais para a população, como abastecimento de água, regulação do clima, agricultura, pesca, energia elétrica e turismo. Hoje sobraram 12,4% da floresta. Espécies animais e vegetais seguem ameaçadas pelo aquecimento global, pelo aumento da temperatura e das chuvas. Além disso, populações costeiras de maior vulnerabilidade sofrem, e a pesca já está prejudicada pelo aumento de acidez dos oceanos.

E o Pantanal também arde!

Segundo Marcos Rosa, coordenador do Map Biomas, a seca no Pantanal se relaciona à destruição de outros importantes biomas, principalmente a Amazônia. Este fato contribuiu para o desequilíbrio hídrico e climático. E uma notícia muito triste: até mesmo a onça pintada, espécie resistente e muito adaptável, foi atingida. Jacarés, jabutis e antas não sobreviveram. O INPE registrou um aumento de 210% de áreas queimadas em 2020, comparadas ao mesmo período de 2019. O Pantanal se localiza no coração da América do Sul, na região Centro-Oeste do Brasil, nos estados do Mato Grosso e Mato Grosso do Sul, além do Paraguai e da Bolívia. É o maior reservatório de água doce da Terra e por isso, é tão importante para a conservação do clima e do solo.

DIA DO PANTANAL

É comemorado em 12 de novembro. Procure conhecer mais sobre a degradação do bioma impulsionada pelo uso não sustentável da terra, da água e pelo impacto negativo de projetos de construção de hidrelétricas, mineração e estradas. Se engaje na proteção de um bem tão precioso da humanidade.

Mudança climática: o que temos a ver com isso? | Outros biomas ameaçados

Crimes ambientais: até quando?

Consciência versus Crime

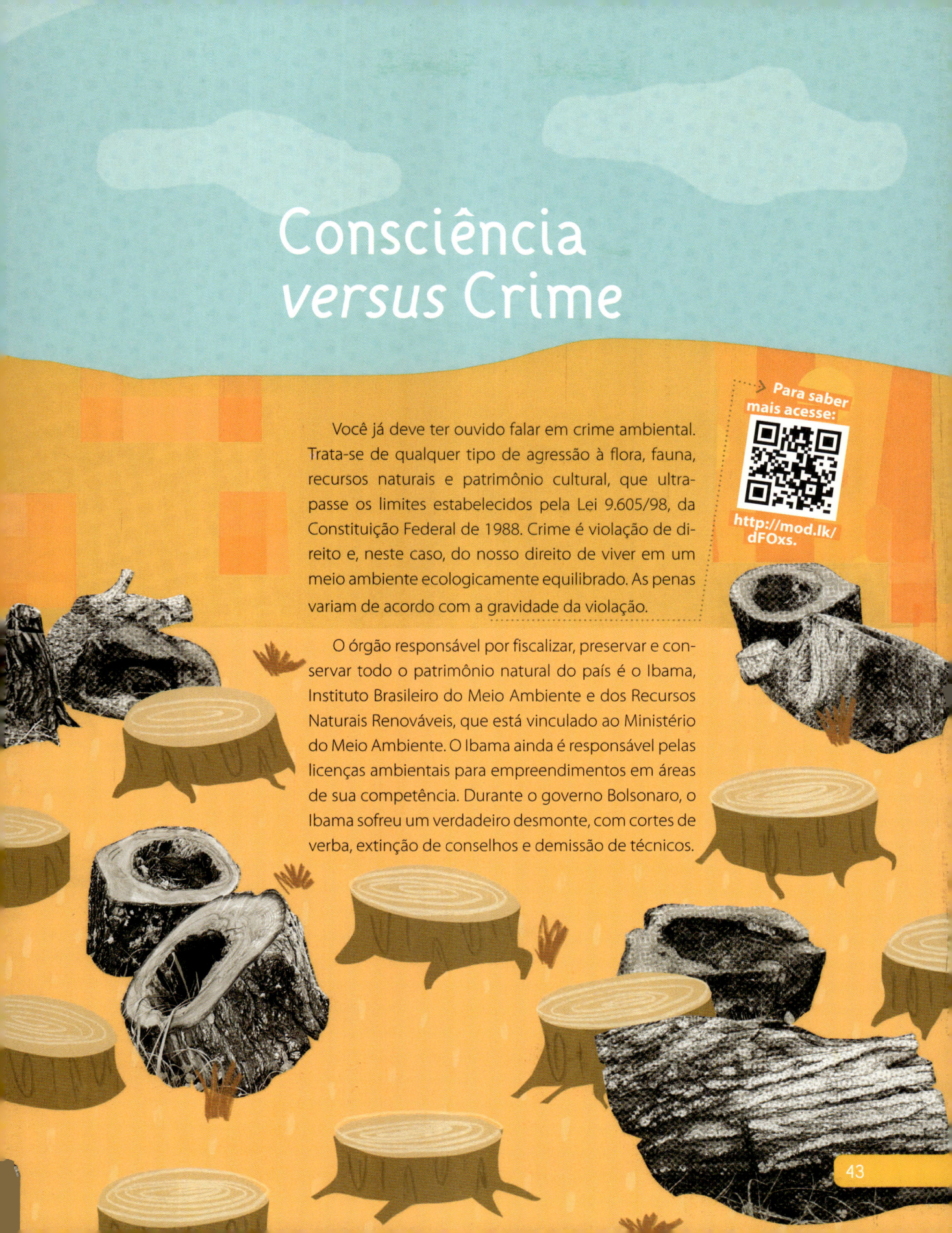

Você já deve ter ouvido falar em crime ambiental. Trata-se de qualquer tipo de agressão à flora, fauna, recursos naturais e patrimônio cultural, que ultrapasse os limites estabelecidos pela Lei 9.605/98, da Constituição Federal de 1988. Crime é violação de direito e, neste caso, do nosso direito de viver em um meio ambiente ecologicamente equilibrado. As penas variam de acordo com a gravidade da violação.

> Para saber mais acesse:
> http://mod.lk/dFOxs.

O órgão responsável por fiscalizar, preservar e conservar todo o patrimônio natural do país é o Ibama, Instituto Brasileiro do Meio Ambiente e dos Recursos Naturais Renováveis, que está vinculado ao Ministério do Meio Ambiente. O Ibama ainda é responsável pelas licenças ambientais para empreendimentos em áreas de sua competência. Durante o governo Bolsonaro, o Ibama sofreu um verdadeiro desmonte, com cortes de verba, extinção de conselhos e demissão de técnicos.

Correntões, o nosso crime de cada dia

Imagine dois tratores fazendo muito barulho, puxando grossas correntes gigantes e passando por cima de plantas, pequenos animais, insetos, destruindo todo organismo vivo. Este tipo de desmatamento é comum e o serviço pode ser contratado pela internet.

Instituto Socioambiental de olho na PL 2.633/20

O ISA é uma organização da sociedade civil sem fins lucrativos, fundada em 1994 para criar soluções para questões sociais e ambientais. A ONG está de olho na PL da Grilagem, que ganhou esse apelido porque propõe a regularização de ocupação indevida de terras públicas.

Acompanhe os desdobramentos dessa e de outras notícias em:

http://mod.lk/gSls3.

"HÁ UMA CONSCIÊNCIA PLANETÁRIA ECOLÓGICA QUE AS PESSOAS NÃO ESTÃO LEVANDO EM CONSIDERAÇÃO (NO BRASIL)."

Milton Hatoum, escritor nascido em Manaus

Mudança climática: o que temos a ver com isso? | Crimes ambientais: até quando?

45

Para aprender com Davi Kopenawa e Ailton Krenak

"OS BRANCOS NÃO ENTENDEM QUE, AO ARRANCAR OS MINÉRIOS DA TERRA, ELES ESPALHAM UM VENENO QUE INVADE O MUNDO E QUE, DESSE MODO, ELES ACABARÃO MORRENDO."

– FRASE RETIRADA DE *A QUEDA DO CÉU*, DE DAVI KOPENAWA E BRUCE ALBERT. SÃO PAULO: COMPANHIA DAS LETRAS, 2015.

Davi Kopenawa, xamã e líder político Yanomami.

Os povos indígenas Yanomami usam a palavra Xawara para designar "epidemia".

Leia mais em:
http://mod.lk/xawara.

"[SOMOS UMA] HUMANIDADE QUE NÃO RECONHECE QUE AQUELE RIO QUE ESTÁ EM COMA É TAMBÉM O NOSSO AVÔ."

Ailton Krenak é ambientalista, escritor e uma liderança indígena reconhecida internacionalmente.

O livro *Ideias para adiar o fim do mundo* de Ailton Krenak (São Paulo: Companhia das Letras, 2019) é uma boa dica de leitura para refletir sobre a relação do ser humano com a natureza. Em outro livro de sua autoria, *A vida não é útil* (São Paulo: Companhia das Letras, 2020), Krenak faz relações entre consumismo, pandemia e humanidade.

"A grande diferença que existe entre o pensamento dos índios e o pensamento dos brancos é que estes acham que o ambiente é recurso natural, como se fosse um almoxarifado em que se tira as coisas. Para o índio, é um lugar que tem de se pisar suavemente, porque está cheio de outras presenças", diz Krenak, em entrevista para a revista *Ecológico*.

Mudança climática: o que temos a ver com isso? | Crimes ambientais: até quando? 47

Esse clássico de Charles Chaplin é mais um exemplo de **antropismo** depredatório da natureza. Não se deixe enganar: o crime ambiental corre solto por aí. Uma empresa de extração ilegal de ouro em terras Ianomami movimentou, entre 2019 e 2021, 16 bilhões de reais. Os donos de aeronaves lucraram, em 2021, 200 mil reais por semana, transportando o ouro ilícito. Informações da reportagem especial do *site* Repórter Brasil.

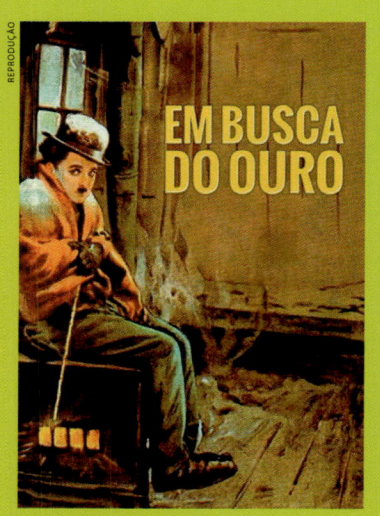

Filme *Em busca do ouro* (1925), de Charles Chaplin.

Para saber mais

Amazônia Sociedade Anônima é um documentário de Estevão Ciavatta e Fernanda Acquarone, com narração da atriz Fernanda Montenegro e aborda o desmatamento ilegal, a regularização fundiária e obras realizadas sem estudo de impacto ambiental. A série, disponível no YouTube em cinco capítulos, ainda mostra o papel fundamental da floresta para o futuro do clima e da economia do Brasil.

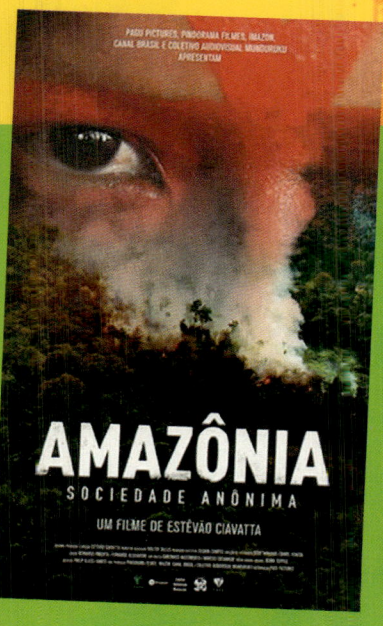

Disponível em: http://mod.lk/leL3V.

Cinco impactos ambientais gerados pela mineração

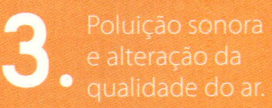

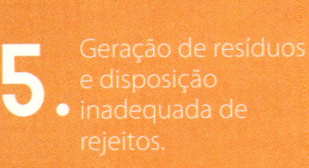

1. Degradação da paisagem.
2. Redução da biodiversidade e dos minerais.
3. Poluição sonora e alteração da qualidade do ar.
4. Poluição e contaminação do solo e da água.
5. Geração de resíduos e disposição inadequada de rejeitos.

Mudança climática: o que temos a ver com isso? | Crimes ambientais: até quando?

Mariana

Com a manchete "Mariana vira 1º crime ambiental apontado como violação de direitos humanos", o portal de notícias UOL trouxe a denúncia do Conselho Nacional de Direitos Humanos (CNDH) sobre o maior acidente do mundo com mineração e por violação dos direitos humanos no Brasil. Em 2015, a barragem de rejeitos de mineração de Fundão, a 35 km de Mariana, MG, se rompeu matando 19 pessoas e forçando milhares a abandonar suas casas.

Você sabia que barragens são construídas para acomodar uma lama tóxica que sobra da extração de minério de ferro? Em Mariana, ao chegar ao Rio Doce, a lama se espalhou por uma área de 670 km, matando a bacia hidrográfica que provê água, alimentação e trabalho para habitantes de 230 cidades de Minas Gerais e Espírito Santo. Ah, quer saber o nome da empresa responsável pelo crime? Samarco Mineração S.A. formada pela brasileira Vale S.A. a anglo-australiana BHP Billiton entre outras grandes do ramo da mineração. Aqui, bem pertinho de nós.

Vulnerabilidade

Mais um triste episódio de crime ambiental ocorrido no Brasil. Dessa vez, a tragédia aconteceu na cidade de Brumadinho, em 25 de janeiro de 2019 – outra propriedade da Vale S.A. A barragem da mina Córrego do Feijão se rompeu, matando pelo menos 272 pessoas. Foi o maior acidente de trabalho já ocorrido no Brasil e o segundo maior desastre sociotecnológico do século.

O poeta Carlos Drummond de Andrade nasceu em Itabira (MG), onde se localiza uma das mais antigas minas de extração de minério de ferro, construída em 1957. A cidade do poeta foi uma das mais atingida pelos rejeitos da barragem de Brumadinho. Drummond profetizou esta tragédia em "Lira Itabirana", publicado originalmente em 1984 no jornal *Cometa Itabirano*.

"O RIO? É DOCE
A VALE? AMARGA..."

VER PARA CRER!

Ainda criança, da janela de casa, Drummond avistava a montanha Pico do Cauê. Mas com o passar dos anos e com a ganância das mineradoras, a montanha mudou de nome, para Buraco do Cauê. Dá para perceber a degradação da natureza até nas palavras...

Pico do Cauê nos primeiros anos de extração do minério, entre 1942 e 1945.

O planeta agradece

53

Parabéns pra Gisele!

Gisele Bündchen também entrou de cabeça no reflorestamento. Em 2020, ao fazer 40 anos, a modelo pediu 40 mil árvores de presente de aniversário aos seus seguidores. E, surpresa! Ela ganhou 250 mil pés que vão revitalizar áreas das bacias do Rio Xingu e Araguaia, em uma parceria com o Instituto Socioambiental (ISA) e a Rede de Sementes do Xingu (ARSX). Boa, Gisele!

Youtubers verdes

Essa galera também mobilizou doações em suas redes sociais e arrecadou seis milhões de dólares para plantar árvores em todo o mundo. O DJ MrBeast é um deles. Cada 1 dólar que entra é uma árvore plantada.

Confira mais sobre o projeto em:

http://mod.lk/r5pFF.

Faça uma pesquisa em:

http://mod.lk/Em8WV.

O *site* que planta árvores

Olha que legal! Foi criado o Ecosia, um buscador com um propósito sustentável, que se compromete a plantar uma árvore cada vez que a gente faz uma pesquisa. A ferramenta está disponível na web e tem aplicativo para celulares de sistema Android e iOS. Faça uma pesquisa e veja quantas árvores estão sendo plantadas!

O projeto Floresta de Bolso, de Ricardo Cardim, promove replantio de árvores em São Paulo.

Florestas de bolso

Quer pôr a mão na terra? Conheça o projeto ambiental Floresta de Bolso, que plantam árvores nativas da Mata Atlântica, como as araucárias, para recuperar a vegetação original brasileira. Pesquise se existe alguma floresta de bolso perto do você e mãos à obra!

Mudança climática: o que temos a ver com isso? | O planeta agradece

Você conhece Burle Marx?

Ele foi pintor, escultor e paisagista, e criou lindos jardins pelo Brasil afora. Seu sítio, localizado em Guaratiba, zona oeste do Rio de Janeiro, foi reconhecido como Patrimônio Mundial da Unesco e abriga mais de 3.500 espécies de plantas tropicais e subtropicais.

"GOSTARIA QUE OS QUE VIESSEM DEPOIS DE MIM PUDESSEM, PELO MENOS, VER ALGUMA COISA QUE AINDA LEMBRASSE O PAÍS FABULOSO QUE É O BRASIL, DO PONTO DE VISTA BOTÂNICO, DONO DA FLORA MAIS RICA DO GLOBO."

Eu quero ser um ecologista

Este profissional usa os mais modernos recursos tecnológicos, como satélites, radares e computadores para acompanhar os acontecimentos que envolvam a natureza. Ele vai constantemente a campo e vê de perto o que está acontecendo. O ecologista contribui com soluções de problemas em áreas específicas do meio ambiente. As áreas de contato de um ecologista são: agronomia, paisagismo, educação e trabalhos com a terra. E muito amor pelo planeta.

Vale a pena conhecer o trabalho de Augusto Ruschi (foto), José Lutzenberger, Chico Mendes, Apoena Meirelles e Wangari Maathai e suas contribuições ao equilíbrio do planeta.

Augusto Ruschi (1915-1988) ecologista e grande defensor da preservação ambiental.

Cinema e meio ambiente: tudo a ver!

Aprender e se divertir ao mesmo tempo, quem não quer? O cinema e o audiovisual são grandes parceiros do aprendizado sobre meio ambiente. E por falar nisso, você conhece a ONG Ecofalante? Ela atua nas áreas de cultura, educação e sustentabilidade e produz filmes, documentários e programas de televisão. Seu grande projeto é a Mostra Ecofalante de Cinema Ambiental, com filmes imperdíveis. Corre lá!

Disponível em: http://mod.lk/PtsMT.

CONHECER PARA DEFENDER ECOSSISTEMAS FLORESTAIS, AQUÁTICOS E URBANOS. ESTE É O CAMINHO PARA DIRIMIR OS EFEITOS DA AÇÃO DO HOMEM SOBRE A NATUREZA.

Conferências ambientais

O 🌍 AGRADECE

Já ouviu falar de conferências ambientais? São reuniões oficiais com líderes de diversos países que se unem para debater sobre ações de preservação do meio ambiente e criar protocolos de desenvolvimento sustentável. As conferências tiveram início na década de 1960, quando a ecologia passou a ser levada a sério. Fique de olho nas Agendas do Clima.

1972 - Conferência de Estocolmo (Suécia)
Declaração de Estocolmo: diminuição dos impactos ambientais negativos.

1992 - ECO-92 (Brasil)
Agenda 21 – Convenção do Clima: administração sustentável das florestas e convenção da biodiversidade.

1997 - Protocolo de Kyoto (Japão)
Reduzir a emissão de gases causadores do efeito estufa e o aquecimento global.

2002 - Rio+10 (África do Sul)
Agenda 21 e desenvolvimento sustentável.

2012 - Rio+20 (Brasil)
O futuro que queremos.

2015 - Acordo de Paris (França)
Metas para a redução da emissão de gases do efeito estufa.

2015 - Agenda 2030
17 objetivos de desenvolvimento sustentável (ODS).

2019 - Cúpula do Clima (ONU - EUA)
Propostas efetivas que levem o mundo à neutralidade de carbono até 2050.

2020 - Cúpula do Clima (ONU - França - Reino Unido)
Coalizão global para a neutralidade em carbono até 2050.

2021 - Cúpula do Clima (videoconferência)
Mudanças pela qualidade de vida mundial.

2022 - 27ª Conferência do Clima da ONU (COP27)
Compensação financeira aos países vulneráveis que sofreram danos climáticos.

PARA SABER MAIS

Neste vídeo, os *rappers* Emicida, Rashid e Fael "trocam ideia" sobre meio ambiente no quadro TAG do canal *Filtr Brasil*.

Disponível em: http://mod.lk/Ekf0D.

E você, já pensou nisso?

Energia limpa

Você sabia que fontes de energia limpa não só evitam os impactos negativos sobre o planeta como também proporcionam o mesmo conforto que estamos acostumados a ter? A energia limpa utiliza recursos renováveis da natureza, como a luz do sol e os ventos, de forma a não liberar substâncias tóxicas para a atmosfera. As principais vantagens são a diminuição do risco de crises de abastecimento, além de proporcionar economia aos consumidores individuais, comerciais e industriais. Os tipos de energia limpa disponíveis são: solar, eólica, biocombustíveis, energia hídrica.

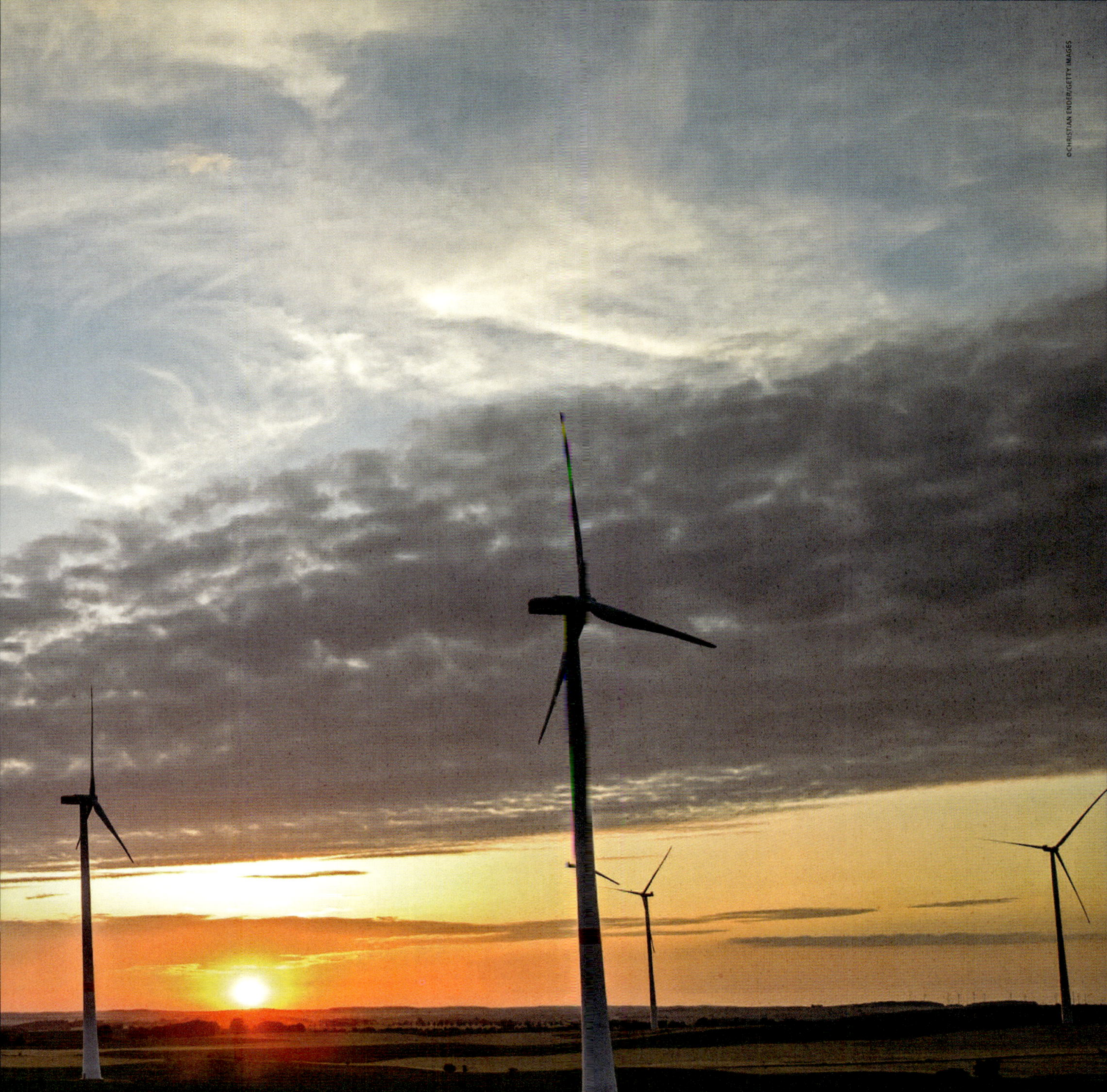

©CHRISTIAN ENDER/GETTY IMAGES

Matthew Shirts, um ambientalista estrangeiro em *terra brasilis*

"*Fervura* é uma *startup* de comunicação focada nas mudanças do clima. Um laboratório de linguagens, charges, humor, ciência, filmes, TikTok, poesia, artigos de economistas. Se a gente não discutir mudança climática, nada vai mudar."

"Preservar a Amazônia, com uma economia avançada baseada em açaí, castanhas, peixes gigantes, cacau e preservação é muito mais legal e divertido do que desmatar para criar gado e plantar soja."

"Aquecimento global se combate com política, leis e esforço do governo, mas só vão agir se o povo exigir."

Nascido na Califórnia e um dos criadores da plataforma *Planeta Sustentável*, da Editora Abril, Matthew Shirts escreve crônicas, faz *podcasts*, produz vídeos e colabora com inúmeras publicações, dentre elas, a plataforma *Fervura*, dedicada à crise climática. Venha com Matthews avançar para o futuro.

Disponível em:
http://mod.lk/fervura.

"O transporte elétrico é mais silencioso, menos poluente, mais rápido e melhor do que o de combustão."

"Vai mudar quase tudo nas nossas vidas: como ganhamos dinheiro, onde vivemos, o que comemos, o transporte, as relações entre os países, a coleta do lixo, tudo. É o maior desafio da história da humanidade descobrir como frear isso".

"A forma mais eficaz das atitudes contra o aquecimento global é falar do assunto, reconhecer sua importância e chamar os outros para fazerem parte desta discussão. Na verdade, a gente deveria estar falando disso o tempo todo e na escola deveria ser o principal assunto".

"As grandes oportunidades de negócios são todas de baixo carbono. Quando a Tesla lançou seus primeiros carros em 2008, disseram que não daria certo. Ela buscava resolver uma questão climática importantíssima, baixando as emissões de gases de efeito estufa emitidos pelos automóveis. E há um mercado para isso. As pessoas querem um transporte mais limpo que contribua menos para o aquecimento global. Hoje a Tesla é a empresa automotiva de maior valor do mundo. Vale mais que a Toyota e a Volkswagen."

"Tenho um neto e ele vai enfrentar um mundo cada vez mais quente, com um clima menos estável. Se nos juntarmos para frear isso, pode ser que ele e toda sua geração viva em um mundo muito legal. Depende da gente. Se a gente não fizer nada, vai ser um inferno."

O jovem Matthew Shirts.

Mudança climática: o que temos a ver com isso? | E você, já pensou nisso?

Eu quero ser jornalista ambiental

O que fazem os jornalistas, documentaristas, cinegrafistas e fotógrafos especializados em meio ambiente? Eles visitam santuários ecológicos ameaçados para fazer registros e reportagens. Além disso, esses profissionais também são responsáveis pelas coberturas jornalísticas em eventos climáticos e acompanham políticas públicas sobre o tema. Pesquise sobre Paula Saldanha, Washington Novaes, Randau Marques e André Trigueiro e aprenda mais sobre esse assunto tão instigante e de interesse de todos nós.

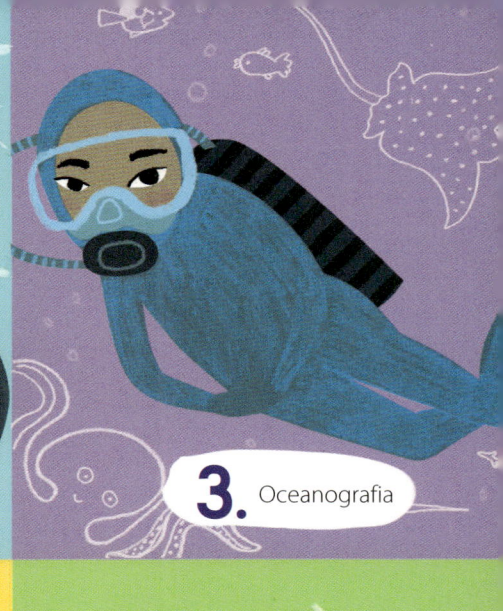

7 profissões para quem ama o planeta

1. Engenharia Florestal
2. Meteorologia
3. Oceanografia
4. Engenharia Ambiental
5. Gestão Ambiental
6. Direito Ambiental
7. Engenharia Hídrica

Covid-19, a história ganha um novo capítulo

A era das pandemias

Até aqui, vimos motivos suficientes para nos engajar e cuidar do nosso planeta. Já sabemos que é urgente desacelerar: despoluir, desmatar e consumir menos. Compreendemos, de uma vez por todas, que preservar o meio ambiente é preservar a nós mesmos. Mas com a chegada da Covid-19, um novo capítulo da história passou a envolver ainda mais a natureza e os seres humanos. Daqui para frente, vamos precisar somar a preservação do meio ambiente aos cuidados com a saúde, mantendo o compromisso com vacinação e medidas de higiene, como sempre lavar as mãos e usar máscaras quando necessário.

Enquanto cientistas criam e aperfeiçoam as vacinas contra o SARS-CoV-2, outros deles com a cabeça mais à frente, anunciam que em menos de uma década – ou nos próximos cinco anos – podemos enfrentar uma nova pandemia. É o que afirmou o virologista americano Dennis Carroll, à frente do Global Virome Project e responsável por criar estratégias sanitárias contra o Ebola, na África. Segundo ele, mesmo sem data, as próximas pandemias inevitavelmente vão acontecer.

Outro estudioso que está nos ajudando a pensar os novos tempos é o pediatra Marco Aurélio Sáfadi, da Sociedade Brasileira de Imunizações. Ele explica que os vírus zoonóticos, como o da Covid-19, são aqueles que passam de um animal para outro, ou de um animal para o ser humano, e tem comportamento imprevisível e uma enorme capacidade de adaptação. Segundo o médico, existem atualmente 300 vírus desses por aí, que viviam em determinados bichos e, com a destruição do meio ambiente e o aumento populacional, passaram a infectar outros animais e estão muito próximos dos seres humanos. É a natureza dando um salto sobre nós. Bem-vindo à era das pandemias.

Tudo tem seu lado bom

Conclusão: vamos virar esse jogo?

Veneza, Itália

São Paulo, Brasil

O que esses lugares tão distantes entre si têm em comum? As fotos mostram uma rápida revitalização do meio ambiente meses após a pandemia ter forçado a parada das atividades. O resultado foi céu menos poluído, águas mais límpidas, animais sem medo de se mostrarem. Quer prova mais contundente de que a nossa sobrevivência diante das mudanças climáticas depende de revisão de valores, crenças e comportamentos? É exatamente como disse Greta Thunberg, "a crise climática não tem vacina". Países que já entenderam isso, dão boas ideias para o mundo pós-Covid-19. Quer ver?

Nara, Japão

Kerala, Índia

Raine Island, Austrália

O Canadá ouviu o desejo da população e passou a cultivar vegetais junto às flores dos famosos jardins da cidade de Victoria e os distribui a quem quiser.

A Nova Zelândia, reconhecida como exemplo de controle da pandemia, criou a campanha "Uma Jornada de Reflexão", para se reconectar à cultura dos povos originários Māori.

A cidade de Paris, na França, está investindo em ciclovias, tirando os carros da rua, no simpático projeto "Paris em 15 minutos", que é o tempo estimado para percorrer, a pé ou de bicicleta, toda a cidade.

85% dos brasileiros que participaram de uma pesquisa feita mundialmente no Dia do Meio Ambiente querem que a proteção do meio ambiente seja prioridade do governo no plano de recuperação do país pós-Covid-19.

O que mais quero

Comecei a escrever este livro em meio a perdas de pessoas queridas, muita angústia e falta de perspectivas. E por isso mesmo, ele me serviu como fonte de esperança. Se você me acompanhou até aqui, fico feliz por ter conseguido compartilhar minhas pesquisas e descobertas. Agora somos pelo menos mais dois mantenedores deste planeta, eu e você. Mudar dá trabalho. Sabemos que depende, principalmente, da vontade política de governantes. Só não podemos esquecer que somos NÓS que escolhemos os representantes que nos governam, a cada nova eleição.

Essa nossa conversa vai ficando por aqui. Espero que tudo o que refletimos dê frutos e que ideias germinem para criar outros caminhos que garantam um solo fértil e um futuro saudável. Espalhe por aí, essa é a nossa única garantia de ter um amanhã. Mas seja rápido, porque a natureza tem pressa.

Referências bibliográficas

Por que, ao final dos livros, há sempre uma referência bibliográfica ou bibliografia consultada ou apenas bibliografia? Será que a gente tem de prestar atenção nisso?

SIM, com certeza! Ainda mais em tempos de internet, onde parece que todo mundo sabe sobre tudo e é fácil se perder num "mar de informações".

A bibliografia é o conjunto de referências que o autor usou para compor seu livro; são as fontes – que, espera-se, sejam sempre fidedignas, confiáveis – que ele usou para assegurar, ou não – o que diz no seu livro.

E elas são fundamentais para quem quer saber se pode confiar no que leu, para quem quer continuar aprendendo mais sobre o assunto ou ainda para quem quer ensinar sobre ele.

Então, bom proveito desta aqui, que preparamos cuidadosamente para você!

LIVROS

ALBERT Bruce; KOPENAWA Davi. **A queda do céu.** São Paulo: Companhia das Letras, 2015.

AZAM, Geneviève. **Carta à Terra – e a Terra responde.** Belo Horizonte: Relicário, 2020.

CASTRO, Eduardo Viveiros. **A inconstância da alma selvagem**. 2. ed. São Paulo: Ubu, 2017.

COCCIA, Emanuelle. **Metamorfoses**. Rio de Janeiro: Dante Editora, 2020.

CROSBY, W. Alfred. **Imperialismo ecológico**. São Paulo: Companhia de Bolso, 2011.

FORMAGGIO, Denise; MAGOSSI, Luiz; BONACELLA, Paulo. **Sustentabilidade ambiental – Uma questão de consciência**. São Paulo: Moderna, 2015.

HARARI, Yuval Noah. **21 lições para o século 21.** São Paulo: Companhia das Letras, 2018.

KRENAK, Ailton. **Ideias para adiar o fim do mundo**. São Paulo: Companhia das Letras, 2019.

OBEID, César. **Aquecimento global não dá rima com legal**. São Paulo: Editora Moderna, 2017.

REYES-RINCON, Maya; RINCON, Luiz Eduardo. **Pet, o dragão e o mistério das pegadas.** São Paulo: Moderna, 2015.

CONTEÚDO DIGITAL

Como educar sobre a crise climática nas salas de aula – Beatriz Gatti. https://mod.lk/vxxsm

Canal no YouTube "O Que Você Faria se Soubesse o Que Eu Sei?" – Alexandre Araújo Costa. http://mod.lk/8XoJP

Os dados alarmantes sobre clima. E como evitar o pior – Mariana Vick. http://mod.lk/O2W3A

Mudança climática: do aquecimento da Terra ao colapso ecológico – Mariana Vick. http://mod.lk/DljhU

O saldo de gases de efeito estufa nos municípios brasileiros – Caroline Souza e Gabriel Maia. http://mod.lk/afwBf

O clima está mudando mais rapidamente do que conseguimos imaginar – Bruno S. L. Cunha e Joana Portugal Pereira. http://mod.lk/XL6Mj

Mudanças climáticas – Eveline Vasquez-Arroyo, Francielle Carvalho, Gerd Angelkorte, Isabela Tagomori e Rebecca Draeger. http://mod.lk/Vd3gd

O Brasil e as mudanças climáticas – Roberto Schaeffer, Joana Portugal-Pereira, Mariana Império e Eveline Vasquez-Arroyo. http://mod.lk/6QQOb

"A mudança climática terá efeitos muito piores que a pandemia" – *El País*. http://mod.lk/cWejN

"Precisamos de um amor feroz, um profundo apego emocional à natureza". Entrevista com Richard Louv – Instituto Humanitas Unisinos. http://mod.lk/AQITD

Dário contra a Xawara – Marcos Cândido. http://mod.lk/FBoPu

Dicionário Crítico da Mineração – Caroline Siqueira Gomide, Tadzio Peters Coelho, Charles Trocate, Bruno Milanez e Luiz Jardim de Moraes Wanderley (Orgs). http://mod.lk/R72B1

A nova corrida do ouro na Amazônia – Instituto Escolhas. http://mcd.lk/exWWw

Mudanças climáticas e a biodiversidade brasileira – Carlos Nobre. http://mod.lk/yobFc

Cerrado: Agronegócio banca palestras de cético sobre mudança climática para ruralistas no Matopiba – Patrícia Campos Mello e Avener Prado. http://mod.lk/hVqHi

Pandemias são produto da arrogância humana destruidora da natureza – ClimaInfo. http://mod.lk/NJ5Mj

A potência da primeira geração sem esperança – Eliane Brum. http://mod.lk/rkmLl

O amanhã é hoje - o drama de brasileiros impactados pelas mudanças climáticas. – *Site* oficial do documentário. http://mod.lk/MbRDB

Carlos Nobre faz alerta sobre as graves consequências do aquecimento global – Programa *Conversa com Bial*. http://mod.lk/LhKPT

Drummond, poesia e mineração: entrevista com José Miguel Wisnik – *Nexo Jornal*. http://mod.lk/i4ok7

Floresta de Bolso - Largo da Batata – Canal temas75. http://mod.lk/Rca93

Relatório inédito mostra que 99% do desmatamento feito no Brasil em 2019 foi ilegal – Programa *Fantástico*. http://mod.lk/JmwFh

Mudanças Climáticas: Uma emergência planetária – Paulo Artaxo - USPTalks #8. http://mod.lk/ShjvM

Greta Thunberg participa de sessão do Senado. – YouTube. http://mod.lk/6f0T8

Pandemia, não vai demorar tanto para a gente encarar a próxima. – Lucia Helena, coluna Viva Bem do portal UOL. http://mod.lk/A2pd9

FILMES

2012 (2009). Direção: Roland Emmerich. Ficção científica/Ação/Aventura, 2h38min.

Sob a pata do boi: como a Amazônia vira pasto (2008). Direção: Marcio Idensee e Sá. Documentário, 45min.

O dia depois de amanhã (2004). Direção: Roland Emmerich. Ficção científica/Ação/Aventura, 2h04min.

Todos os *links* foram acessados em: 15 jun. 2023.

Sobre a autora

Oi, gente! Voltei com o terceiro livro para esta coleção que só tem temas fundamentais para a vida de todos nós. Em 2014, lancei *Eu também quero participar* - Cidadania e política aqui e agora. Em 2017, foi a vez de *Violência x Tolerância*: como semear a paz no mundo.

Converso com vocês desde lá atrás, sobre direitos humanos, caminhos pela paz e agora estamos aqui alertando sobre a importância da preservação do meio ambiente. Se quisermos diminuir os sofrimentos causados pela mudança climática e tudo o que ela traz de consequência, precisamos criar novas formas de viver que respeitem o planeta Terra, nossa casa.

Como sempre, ao terminar um livro para a Coleção *Informação e Diálogo*, saio fortalecida e mais sabida. Aprendi muito e espero que vocês também. Convidem amigos, colegas de classe, professores e pais a construírem novos comportamentos e atitudes com propósitos de um mundo mais sustentável.

A palavra é CUIDAR. Cuide muito de quem está perto de você. Cultive esse amor pela natureza, pela terra, pelos animais, pelos povos originários, pelas florestas. Tudo isso é parte de nós.
Então, nos vemos por aí? Espero que sim!

Caia Amoroso